꽃처럼 나비처럼

꽃처럼
나비처럼

윤일현 / 시집

學而思 학이사

해마다
꽃피는 4월
여기 이 자리에 서면
살아있다는 게 너무 부끄럽다

2016년 봄
대구광역시 달서구 학산공원
상인동 가스폭발 사고 희생자 위령탑 앞에서
윤 일 현

차례

꽃처럼
나비처럼

꽃처럼 나비처럼
- 낙동강 45

부모는 산에 묻고
자식은 가슴에 묻는다

제1부
청산아 녹수야

강물의 독백

내 호흡이 길고
내 흐름이 유장하던 시절
초근목피로 목숨부지하며
숨길 가쁜 사람들
내 품에 쓰러질 듯 안기어 와서는
내 한결같은 흐름과 천 년의 숨소리에
허기 달래고 숨길 다시 편안해졌으며

사는 게 무섭고 두려운 사람들
다시는 돌아가지 않겠다며
무작정 내 품에 뛰어들면
내 부드러운 손길로
굽은 등 힘내라 쓰다듬어주고
포근한 바람이 눈물 말려주면
흐린 눈 별처럼 다시 반짝이며
타는 놀 서러운 들길을 따라

갈대와 물새의 노래 따라 부르며
저녁연기 아늑한 사람들의 마을로
내일의 해를 맞으러 다시 돌아가곤 했다

천만 년 긴긴 세월
한결같은 숨결로 흘러왔건만
너희들 미친 짓거리에
물새 날아가고
송사리 피라미 떼 다 떠나고
청명한 바람도 비켜가는
천근만근 무거운 몸통
숨이 가쁜 내 가슴
산 자들 더 이상 찾지 않고
억울한 주검들만 가슴 치며 안기어 온다

밤이나 낮이나

우수에 잠긴 갈대들
푸른 피 다 토하고
최후를 준비하며
외로이 서 있는
저 앙상한 미루나무들
너희들도 말하라
네 시들어가는 몸과
가쁜 숨길에 대해 말해보라

강물과 아이들

청산아 청산아
녹수야 녹수야
어찌할꼬 어찌할꼬
저 어미들 가슴속
피눈물 흘러 넘쳐
팔공산 비슬산 다 잠기고
이 강물 갈 길 잃었으니
어찌할꼬 어찌할꼬
저 눈물을 어찌할꼬

인간 세상 나왔다가
세상 구경 다 못하고
명운 다하고 시운 불행하여
음양조화 즐거움도 맛 못보고
부모형제 어미 품 떠나
오늘 한 줌 뼛가루로

내 품에 안긴 아이들아
가자 가자 어서 가자
나를 따라 저승길 가자

못 갑니다 못 갑니다
서럽고 원통해서 못 갑니다
아버지께 뼈를 받고
어머니께 살을 받아
터럭 하나 다치지 않고 자라
부모님 호강시켜 드리려 했는데
저승길은 외길이라
오는 길이 없다는데
못 갑니다 못 갑니다
이렇게는 못 갑니다

생야일편부운기

사야일편부운멸
어차피 초로인생
먼저 가나 나중 가나
한 번 가기는 마찬가지니
지나온 길 돌아보지 말고
나를 따라 극락가자

부모는 산에 묻고
자식은 가슴에 묻는다는데
마음은 어미 가슴에 두고
몸만 가면 무엇하리요
우리 엄마 눈에 흘러내리는
피눈물 닦아내고
우리 엄마 가슴속에
태산 같은 봉분으로 남아있는
내 무덤도 파내다 주오

아이들아 아이들아
천만 년 세월 흐르는 동안
이 강 따라 저 세상으로 간
억울한 죽음들이
이 강물보다 많았으니
너무 원통해 하지 말고
눈물 닦고 콧물 닦고
소풍가방 책가방 찾지 말고
잘린 팔다리 찾지 말고
다 버리고 함께 가자
다 버리고 함께 가자
이 길 따라 가다 보면
좋은 곳도 많으리라

거짓말 마오 거짓말 마오
산도 설고 물도 선데

그 어디가 좋단 말이오
제 명 다 채우고
아들 딸 두고 죽는 사람은
좌청룡 우백호
명당에 터를 잡아
떼장으로 울을 삼고
두견을 벗 삼아 놀다가
천 년 유택에서
절기 마다 자식들 만나지만
한 줌 재로 사라지는 우리들
쉴 곳이 어디란 말이오

청산아 말해보라
녹수야 말해보라
어찌할꼬 어찌할꼬
이 아이들을 어찌할꼬

제2부
신발

군화, 등산화, 운동화*

군화가 이 강토를 짓밟던
암울한 시절에도
사람들의 눈동자는
강물처럼 맑고 순했으며
헐벗고 굶주려
뼈만 앙상하게 남은 가슴에도
따뜻한 인정만은 한없이 넘쳐흘러
군홧발에 항거하다 짓밟힌 영혼들은
이 땅 어디에서도 외면당하지 않았고
어딜 가나 가슴 뭉클한 격려와 위로를 받았다

군홧발의 충격은 정직하게 나타났다
군화란 원래 돌처럼 단단한 물건이라
군화로 당한 폭력은 피멍으로 바로 드러나

---

* 1990년 1월 민주정의당, 통일민주당, 신민주공화당은 구국의 결단이라는 명분하에 3
당을 합당하여 '민주자유당'을 만들었다. 김영삼은 1992년 12월 군사정권의 후원으로
노태우에 이어 14대 대통령에 당선 되었고, 1993년 2월 '문민정부'를 출범시켰다. 군
화는 군사정권 사람들, 등산화는 군사정권 시절 김영삼이 주축이 된 '민주산악회' 사
람들과 그 밖의 민주 인사들, 운동화는 3당 합당으로 정권을 잡은 '문민정부'에 몸담
은 사람들을 의미한다.

보는 이로 하여금 치를 떨며 몸서리치게 했다
구타당한 형제자매가 눈에 많이 보일수록
사람들은 겁을 먹고 도망가기보다는
폭압을 물리칠 그날을 소망하며
일부러 말하지 않아도
눈빛과 가슴으로 서로 통하며
함께 어깨동무하고 두려움 없이
승리의 그날을 위해
목숨과 생업이 존중받는 그날을 위해
도도한 강물처럼 앞으로 앞으로 나아가
어둠을 몰아내고 군홧발을 물리쳤다

폭정과 폭압의 시절
닭의 목을 비틀어도
새벽은 기필코 오고야 만다는 신념으로
울분을 달래며 군홧발을 보지 않으려고

등산화 신고 산을 찾던 사람들
세상이 바뀌었다며 저잣거리로 내려오자
척박한 땅을 일궈 정직하게 살면서
산을 믿고 강을 믿고 사람을 믿던 선한 백성들은
3당 합당, 보수대연합, 못내 미심쩍었지만
일단은 모든 것을 그들에게 맡기고는
각자의 생업으로 말없이 돌아갔다

너무 오래 권력에 굶주린 인간들 눈에는
목전의 먹이밖에 보이지 않는 것인가
군홧발 완전히 몰아내고
상처받은 백성을 치료해 줘야 할 그들은
군홧발 몰아내고 민족정기를 바로 세우기는커녕
백성을 도살하던 일부 군화들 다시 받아들여
군화 벗기고 운동화 신게 하고는
새 시대 새 인간으로 다시 태어났다며

형님 먼저 아우 먼저 손에 손잡고
이름 하여 듣기 좋은 문민시대를 열었다
서부영화의 존 웨인처럼
말 잘 갈아타는 재주꾼들은
앞뒤 보지 않고 완전히 투항하여
깃발 내리고 줄서기에 정신없고
그들을 키워낸 이 땅의 민초들은
달라진 것 하나 없는
마른 땅과 빈 하늘만 말없이 쳐다보았다

그토록 갈구하던 새 시대가 왔건만
산천의 반란인가 역사의 심판인가
철길 끊어지고 다리 부러지고
하늘에서 땅에서 바다에서 쾅쾅 터져
죄 없는 백성들 이름 없이 죽어 가는데
운동화 신은 인간들

골프 치러 다 산으로 갔나
책임질 놈 하나 없이
힘없는 민초들만 대책 없이 모여 앉아
천지를 뒤흔드는 통곡 소리에
하늘 보며 땅 보며 제 가슴만 치고 있는가

운동화의 밑창은 군화보다 부드럽다
운동화에 밟힌 상처는
즉시 피멍이 들지 않기에
짓밟힌 사람들이 아픔을 호소하며
속 골병들어 피를 토하고 죽어도
그 고통 아무도 눈치 채지 못 한다

제3부
도적들

이 세상 모든 풀들은
목숨만 살려주면
아무리 밟아도 항거하지 않지만
생명이 위태로울 땐
시퍼런 풀잎
칼날처럼 곧추 세워
독기를 품고 달려들어
제 살 길을 찾는다

이 땅의 선한 민초들은
풀뿌리보다 모진 생명력으로
척박한 땅을 일궈
정직하게 살아 왔지만
학정과 가렴주구에
생명을 위협 받거나
흉년과 전쟁으로

굶어죽을 지경에 이르면
더러 도적이 되어 살 길을 찾았다

홍길동, 임꺽정, 장길산
산적, 해적, 마적, 비적, 의적, 화적
이름도 각양각색인 수많은 도적들
그들 대다수는 굶주린 민초들이었기에
살기 위해 저지른 처절한 몸부림은
세월과 함께 용서를 받았다

인간 세상엔
가난한 자들만
도적 되는 것이 아니고,
먹을 게 풍족해도 도적 된 자들
어느 시대나 있었으니
나라를 팔아먹은 을사오적

군화가 활개 치던 시절 김지하의 오적 등
이 땅엔 언제나 가진 도적들이 넘쳐났다

탐욕으로 백성을 곤궁에 빠뜨리고
더 가지기 위해 백성을 수탈한
수많은 도적들의 천인공노할 악행과 비행은
역사에 낱낱이 기록되어
자손만대 두고두고 저주를 받는다

오늘 이 땅에도 온갖 도적떼가 설치는데,
국회의원, 공무원, 재벌, 정치교수,
언론인, 공해범, 땅부자, 장성, 판검사*
더럽고 비열한 도적들

---

* 시인 김지하는 재벌, 국회의원, 고급 공무원, 장성, 장차관을 오적이라 불렀으며, 김
태동 교수는 경실련기관지인 '시민의 소리'에서 1995년 시대의 변화를 반영하는 신오
적은 공무원, 공해범, 땅부자, 판검사, 언론을 지칭한다고 말했다. 여기서는 김지하와
김태동의 오적에 장차관은 공무원에 포함시키고, 정치교수를 새로 추가했다.

국회의원

4년에 한 번
공천 받을 때
간 쓸개 빼내버리고
선거운동 기간에
잠시 엎어져 죽는 시늉하면 됐지
더러운 놈들, 버러지 같은 새끼들
뽑아주면 그걸로 끝이지
사정이 급해 헛소리 몇 마디 한 걸 가지고
충성하라 공약 지켜라 끝까지 빡빡 따지고
원래 지지리도 공부 못하는 놈들이
시험에 안 나오는 것은 잘 외우듯이
멍청하고 병신 같은 것들이
잊어도 되는 일엔
왜 그렇게 기억력이 좋은지 몰라
우리가 법 만드니
우리에게 불리한 법 나올 리 없고

세상에 본전 밑 가는 장사 할 놈 없으니
선거 비용 본전 챙기고
다음 선거 자금 미리 비축하려고
있는 놈 돈 좀 뜯어내고
그 놈들 청탁 들어주는 것 당연한 일 아닌가
나랏일 보랴 본전 챙기랴 바쁜 우리들
머리 아플 때
여야가 손잡고 삼삼오오 패거리지어
잠시 바깥바람 쐬러 나가는 것
너희들 더 잘 살게 해 주려고
견문 넓히며 국정운영 구상하러 가는 것이니
우리 선량들이 무슨 짓을 하던지
일일이 따지며 알려고 하지 말라

공무원

망할 놈들 일 좀 하려고 열심히 설치면
권위적이다 월권이다 지랄하며 브레이크 걸고
조용히 수양하려고 잠자코 있으면
복지부동, 직무태만 목 자른다 협박하고
우리가 언제 제대로 대접 받은 적 있었나
박봉에 시달리면서도 연금 하나 보고
윗사람 아랫사람 눈치 살피며
온갖 더러운 것 다 참아냈는데
그 연금도 배 아파 갖가지 이유로 깎으려 하고
일만 터지면 만만한 게 홍어 뭐라더니
온갖 잡놈들이 합심하여
우리만 나쁜 놈 만드느냐
촌지와 향응은 우리들의 청량음료
머슴도 새참을 먹어야
힘내서 일할 것 아닌가
나라가 배불리 안 먹여주니

스스로 챙겨먹었을 뿐
작은 봉투와 룸살롱
양주 한 잔은 우리의 활력소
눈치와 알아서 기기는
우리의 생리적 본능
강한 놈에게 엎어지고
약한 놈 더 세게 밟는 것은
난세를 살아가는 우리들의 생존방식
공무원 좋은 시절도 끝나가고 있노라
오호 애재

재벌

우리는 우리는
나라가 부강해야 통일도 가능하다시던
각하만 생각하면 눈물이 난다
수출주도형 경제, 중화학공업육성
능률과 효율을 위해 우리는 탄생했지
지금 너희들 입에 들어가는 밥
다 각하와 우리 덕택임을 잊지 말라
사업인허가 특혜, 외자조달 특혜
특혜정책금융, 공업단지조성 특혜
중소기업 죽이고, 협력업체 후려치기
나라 돈으로 땅장사, 돈장사
끼리끼리 내부거래, 문어발 확장
정말 할 만하더라
특혜는 우리의 일용할 양식이었고
상납은 우리의 예의범절이었노라
예쁜 여자, 세상 어떤 권력도

다 우리 손 안에서 놀더라
권력과 사돈 맺고, 우리끼리 통혼하니
자손만대 대대손손 우리 영원하리라

정치교수

대박은 있지만 절대 쪽박 없는 직업
그 이름도 찬란한 철 밥통 정치교수
정치판 기웃거리며 대충 훈수 두다가
운 좋아 장차관 자리 얻어걸리면 대박
공천 받고 남의 돈으로 선거판에서 뛰놀다가
당선되면 돈과 권력 단숨에 거머쥐고
떨어지면 입 삭 닦고 다시 학교로 돌아가니
밑져도 본전 쪽박은 절대 없더라
시민단체에서 얼쩡거리며 이름 알리다보면
사외 이사, 감사, 고문,
각종 심사위원, 자문위원 맡겨주니
그 부수입 너무도 짭짤하더라
학문과 국가 발전을 위해서는
언제나 갈기갈기 찢어지지만
우리가 가져야 할 이권, 특권
어떤 놈이라도 건드리면

치고받고 싸우다가도 바로 손잡고
한 통속 한목소리로 짖어대니
어떤 정권도 우리 없이는 못 버티고
아무리 잘나가는 기업도
우리에게 밉보이면 살아남을 수 없더라
우리들은 우리들은
하늘 아래 무서울 것 없는 신의 아들
어느 정권에도 떼거리로 들어가서
정치, 경제, 사회, 문화, 교육
이 나라 모든 것 다 말아먹어도
우리는 우리는 언제나 안전하지
우리에겐 권리만 있을 뿐
책임과 의무는 없으니
우리보다 좋은 직업 이 세상에 없노라
선생 똥은 개도 안 먹고
스승의 그림자도 밟지 않는 법

나는 바담 뿡 해도
너희들은 바람 풍으로 읽어야지
우리 욕하는 철없는 학생 놈들아

언론인

지금 누리는
요만한 자유
어느 놈 덕택이더냐
물 흐리는 몇 놈 두고
전체를 매도하는
세상 물정 모르는 놈들아
우리 욕하는 놈 중에서
우리 눈치 안 살피는 놈 어디 있느냐
텔레비전 화면이 하늘 만하냐
신문 지면이 바다처럼 넓더냐
작은 화면 좁은 지면에
취사선택은 당연한 것 아니냐
큰 사건 줄여서 보도하고
돈 안 되는 작은 사건 잘라버리는데
무식한 네놈들
웬 말이 그렇게 많나

한 놈 정도 죽이고 살리는 건
요~펜, 요~ 카메라에 있다는 사실 명심 하거라

공해범

나는 평생 맞을 매
벌써 다 맞은 놈이다
날이면 날마다
내 욕 안하는 놈 어디 있나
너희들 입에 들어가는 밥
다 어떤 놈 덕택이더냐
맑은 물만 쳐 먹으면
밥은 안 먹어도 된단 말인가
죄 없는 놈 나와서 나를 돌로 쳐라
광야에 홀로서서
고고한 체 헛소리 하는
배고픈 게 어떤 건지도 모르는
먹을 것 걱정 안 해도 되는
철없는 신비주의자 놈들아
네놈은 차 안 타고 걸어 다니나
네놈도 남들 앞에서는

나트륨 과다 섭취 지랄 떨지만
네 집에서는 남모르게
라면 끓여 먹는 놈 아니냐
화끈하게 한 번 잘 살아보고
몸에 해로워도 맛 한 번 끝내준다면
눈 즐겁고 입 즐겁고
탁한 공기 좀 마셔도
주머니에 돈만 두둑이 들어온다면
되는대로 살다가
다 같이 한 구덩이에 빠져
같은 날 황천길 간다면
우리가 더 무엇을 바라겠느냐

땅부자

게을러빠진 거지같은 놈들아
네놈은 돈 있었다면
땅 살 생각 안 했겠느냐
다른 놈들 부동산 투기할 때
네 주머니에 돈이 없어
땅 투기 못해 놓고는
오늘 깨끗한 체 하는 놈들아
내 돈 주고 내 땅 사두었다가
노는 내 땅에
상가, 아파트 짓고 백화점 짓는데
네놈들이 왜 배가 아프냐
내 속 골병드는 것 아느냐
노는 땅 몇 만평 있으면 뭘 해
도대체 팔려야 용돈이라도 쓸 것 아니냐
이 세상 그 어떤 것도
땅보다 정직한 것 없으니

지금이라도 늦지 않다
날 욕할 시간에 땅 보러 다니 거라
목 좋은 자리 한 뙈기 사서
진득하게 없는 듯이 묵혀두라
운 좋아 임자 잘 만나면
비굴하고 더러운 월급쟁이
몇 십 년 한 것보다 나을 것이니

장성

우리더러
국가 생존을 좌우하는
안보의 보루니, 중추니 그런 말 하지 마라
무슨 일이든 대가가 있어야
사람이 움직일 것 아니냐
율곡비리* 율곡비리 하는데
율곡 선생한테 물어보라
10만 양병 유비무환도
떡고물 없이 가능한 일인지
떡고물 없이 목숨 바칠 놈
저 세상에도 없을 것이다
별은 어디 나이롱 뻥해서 주운 줄 아느냐
대령까지 모은 재산
별 따는데 갖다 바치고

---

* 율곡 이이의 10만 양병론 유비무환 정신을 본받아 무기와 장비의 현대화를 통해 대북전력 격차를 해소하고 자주국방을 위한 군사력을 기르기 위해, 1974년부터 1993년까지 무려 32조라는 천문학적인 예산을 투입한 율곡사업은 엄청난 부정부패의 온상이었다. 고위 장성에서 참모총장, 정치 권력자까지 연루된 망국적 부정부패인 방산비리는 오늘날까지도 끊임없이 이어지고 있다.

별 하나씩 더 달 때마다
앞에 번 것 다 갖다 바쳐야 하는 우리 신세
우리도 알고 보면 한심하고 불쌍한 놈들이다

총 만들고 배 만들고 전투기 들여올 때
탄피, 고철 부스러기, 떡고물 조금 챙겨
위에 바치고 아래 회식 시켜주고
남는 것 내 좀 먹는 게 그렇게 배 아프냐
떡고물 핥아 먹기는 자자손손 계속 될 것이니
군인의 사기 떨어뜨리며 괜한 시비 걸지 말아라

판검사

판검사는 시대와 정권의 양심을 따르지
판검사 개인의 양심을 따르지 않는 법
판검사의 양심을 말하기 전에
시대와 정권의 양심을 먼저 이야기 하라
딴 놈들 계집차고 천지사방 싸돌아다닐 때
적막강산 절간에 홀로 쳐 박혀
위 무력증 걸려가며 뼈 빠지게 공부할 땐
무얼 위해 참고 또 참았겠느냐
이제 메뚜기 한철도 지나갔노라
언제라도 마음만 먹으면
돈방석에 앉을 줄 알았는데
전관예우 없어지고 갈 길 더욱 험하니
알고 보면 우리가 정말 불쌍한 놈들이다

제4부
불꽃놀이

합창

천하를 다 가졌지만
아직도 배고픈 우리끼리
천년만년 변치 않는 우의를 다지고
자자손손 서로 도우며 실속있게 살아가자
너무 높은 산에는 나무가 자라지 않고
너무 맑은 물에는 물고기가 살지 못 한다
돈과 권력 다 가져도 한없이 심심한 우리에게
하늘에서 쾅, 땅에서 쾅, 바다에서 쾅
불꽃 쉴 새 없이 치솟아 오르니
그때마다 우리는 일거리 생겨 힘이 솟고
그때마다 우리는 스타가 되고
그 일 수습할 때마다 떡고물 떨어지니
세상 완전 뒤집어지고
별 볼 일 없는 놈들 몇백 명씩 죽어도
높고 깊은 곳은 언제나 안전하여
모가지 떨어질 일 없으니

이 얼마나 살맛 나는 세상인가
다음은 어디에서 또 무엇이 터질거나

80년 군인들의 광주 불꽃놀이는
절도 있고 긴장감도 있어
보는 이도 숨죽이고
세계 언론도 주목 했지만
문민정부 불꽃놀이는
도무지 맘에 안 드니
모두가 한결같이 비웃기만 하지

1993년 1월 청주 우암상가 붕괴 27명
1993년 3월 헬기 추락 7명
1993년 3월 구포 무궁화호 전복 78명
1993년 6월 예비군 부대 폭발 사고 19명
1993년 7월 아시아나 항공기 추락 66명

1993년 8월 헬기 추락 10명
1993년 10월 서해 페리호 침몰 292명
1994년 8월 룸살롱 화재 14명
1994년 10월 성수대교 붕괴 32명
1994년 10월 충주호 유람선 화재 25명
1994년 12월 아현동 가스폭발 12명

식상한 가락과 똑같은 박자로는
문민시대 백성들을 만족시킬 수는 없지
심벌즈로 꽝 치는 페리호 정도의 강박자
좀 더 화끈한 불꽃놀이는 없을까

불꽃놀이

1995년 4월 28일 오전 7시 52분 무렵
대구시 달서구 상인동 영남고교 네거리
지하철 1호선 2공구 공사장
'꽝' 하는 폭음과 함께
불기둥이 수십 미터 치솟아 오르며
두께 27cm 복공 철판 수백 개가 튀어 오르고
공사장 1km 구간의 복공판이 내려 앉아
작업을 하던 인부 수십 명이 숨지고
마침 등교시간이라
영남중학생을 주로 하는
학생 수십 명이 사망하거나 부상했고
승객을 가득 태운
대구 5자 3314호 121번 시내버스가
전소되는 등 엄청난 피해가 일어났고
차량 수십 대가 공사장 바닥으로 떨어졌다
사망 101명 부상 수백 명

정부는 국무총리 이홍구와
내무장관 김용태 등을 현지로 급파하고는
중앙사고 대책 본부를 설치해
도시가스 폭발 사고의 사후 수습책을 마련하고
검찰과 경찰에 사고원인 철저조사를 지시했다
이춘구 등 민자당 사고 대책 팀은
현장을 둘러본 뒤
계획했던 유가족과 부상자 위문을 취소하고
파크호텔에서 점심만 먹고 상경했다
유가족 위문조차 못할 바에야
구조 작업에 지장을 주면서까지
현장에 내려올 필요가 있느냐
정치하는 놈들이란 매사에 이런 식이니
국민에게 욕을 얻어먹는다고
부아통을 터트린 시민들

성수대교 붕괴 때는
하루 종일 생방송을 했지만
성수대교 붕괴사고보다
사상자가 훨씬 많은 대구 참사는
한국방송공사 등 방송 3사는
서로 약속이나 한 듯
일제히 생중계 방송을 하지 않았다
한국방송공사는
대통령배 고교야구 결승전도 아닌
준결승전은 생중계하면서도
사고 소식은 13분간만 속보 처리했고
문화방송과 서울방송도 같은 태도를 취했다
지방자치 선거를 눈앞에 둔 시점에서
선거에 악영향을 줄까봐
방송 3사와 공보처가 서로 눈치 보며
방송을 줄였다는 국민들의 격렬한 항의에

방송사와 공보처는 서로 엇갈린 해명을 내놓는데
문화방송 -
사건이 커 오전부터 방송을 내보내려 했으나
공보처로부터 오후 늦게 서야 20분간만 시간이 주어졌다
서울방송 -
공보처 안재환 국장으로부터
문화방송도 10분만 방송하니
서울방송도 10분만 해달라는 요청을 받았다

우리는 안다
너희들이 어떤 변명을 늘어놓고
어떤 기만술로 우리를 속여도
하늘이 알고 땅이 안다
서울 공화국 시민만 대한민국 국민이고
대구시민은 국민이 아니더냐
우리는 안다

우리의 아픔 우리끼리 아파하고
우리의 상처 우리끼리 핥아 주어야 함을
6일간 시민 헌혈 3백만CC
우리가 흘린 피 우리가 채워 넣어야 함을
우리는 안다 우리는 안다
너희들의 불장난으로
별똥별처럼 사라지는
저 힘없는 민초들의 아픔
우리끼리 보듬고 가야 함을

잘 가라 내 남편 내 아내
내 아들 딸 내 친구들아
친구 떠난 등굣길엔 가랑비만 내리고
텅 빈 책상 위엔 꽃다발만 을씨년스럽구나
그 선한 모습 잊지 않으마 잘가라
병광아 민철아 석술아 …

사고 없는 하늘나라에서 다시 태어나거라
잘 가세요 이종수 선생님
하늘나라에도 스승의 날 있나요
출근길에 비명횡사한 김상현, 상윤 어머니
어린이날 축구공은 언제 사 주나요
어린이날 피자는 왜 못 만들어 주나요

하늘의 뜻도 아니고
사회가 빚어낸 어둠 때문에
아물지 않는 상처와 아픔을 남기고
다시는 못 올 길 떠난 아이들아
너희들을 보내고도 무심한 하늘에는
여전히 해가 뜨고 또 지는구나
너희들의 희생이
사회의 어둠을 밝히는 촛불로 타오르고
아침을 알리는 종소리로 울리고 있다고

추도사에서 오열하는 영남중 이길우 교장
죽은 자가 차라리 행복할지도 모르지
평생불구의 몸으로
병상에서 오열하는 저들의 아픔은
누가 알아주고 어루만져주랴

우리는 이미 알고 있었다
너희들의 상투적인 사건 처리 수법
하늘과 땅은 알고 있다
이 엄청난 인재를 당하고도
책임자는 하도급 업체 대표와 공사담당 피라미들 뿐
공무원 한 놈 잡아넣지 않았으니
이 어찌 통탄할 일 아니더냐

하늘과 땅의 분노는
더 큰 재난으로 다시 돌아올 것이니

너희들 뻔뻔한 기만 수법에
앞으로 몇천 명이 더 죽고
얼마나 더 많은 국민이 피를 쏟아야
네놈들 흡혈 욕구가 충족되겠느냐
우리는 안다 우리는 알지
세월과 더불어 이 통곡 잊히면
너희들은 다시 주지육림에 파묻혀
살아남았음을 기뻐하며
너희들만의 태평성대를 자축할 것임을

뒤풀이

바빠 죽겠는데 하필이면 내 선거구냐
아 정말 미치겠네
얼마나 요롱소리 나도록 불려 다녀야 하나
하청업체 잘 골라야 한다니까
확 밀어버리고 다시 하면 되겠네
사고원인 분석하겠지
얼마짜리 용역일까 구미가 당기는군
땟거리 없는데 특종감 생겼네
도시가스 문제 많다고 벌떼처럼 일어나겠네
주변 땅값 떨어지면 사놔야지
삼 년만 지나면 두 배는 오르겠지
복구작업 하는데 졸개들 보내야겠네
생색은 당연히 내가 내야지
줄소송 일거리 많겠네 변호사 언 놈 밀어줄까

아수라장 그 광경 생중계하면 뭘 해

죽은 놈들이 살아 돌아오나
산 놈들이라도 즐기게 야구 중계하길 잘했지
사건이란 터지는 그날부터 길어야 보름
냄비 속 물처럼 바글바글 끓다가
어느 한순간 깨끗이 잊어버리지
현장 찾아가 악수하고
슬픈 표정도 지었으니
내 할 도리는 성실하게 다했노라
지위고하를 막론하고 엄중수사 한다며
열흘만 계속 큰소리치며 근엄한 표정 지으면
새대가리 인간들 나중 일은 신경 안 쓰지
세월이 약이라는 유행가가 왜 나왔겠느냐
이 또한 잊혀지고 지나가리라
이 또한 잊혀지고 지나가리라

다산 정약용은 목민심서에서

백성은 흙으로 밭을 삼는데
이서는 백성으로 밭을 삼아서
살을 긁어내는 것으로 농사를 삼고
백성의 재물을 가렴주구 하는 것으로
추수를 삼는다고 했지
우리는 어리석은 백성들을
조금 무시하고 경시했을 뿐
가렴주구로 긁어낸 것 하나 없노라
가진 놈 좀 더 잘 살게 도와주고
약소한 향응과 사례만 받았을 뿐이니
능력 없는 놈들아 군소리 말지어다

우리는 우리는
돈과 권력만 바라보며
서로 도우며 함께 영글어 가는
정열의 해바라기, 정열의 해바라기

태양만 바라보다 주위를 둘러보면
아무것도 볼 수 없고 보이지 않지
아무것도 보이지 않으니 볼 필요도 없지
대궐 같은 집 짓고 안방 금고 가득 찰 때까지
해만 보며 해만 보며 한눈팔지 않으리
해만 보며 해만 보며 한눈팔지 않으리

불쌍한 중생들아, 불쌍한 중생들아
인명은 재천이고 죽고 사는 건 팔자소관이니
시대를 탓하지 말고 너희들 팔자를 한탄하라
우리의 불꽃놀이는 웅장하고 찬란했지
그 불씨, 그 찬란한 모습 오래오래 간직하여
더 멋진 불꽃놀이로 금수강산 환하게 밝히리라

제5부
청사초롱 불 밝혀들고

꽃처럼 나비처럼

가자 가자 아이들아
이제 그만 우리 갈 길 가자
저 꼴 보고도 미련이 남느냐
훌훌 다 털어 버리고
이제 그만 극락 가자
이승에서 못다 한 일
저승에서 다 이루고
가자 가자 아이들아
모든 미련 버리고 가자

이 세상 올 적에는
천수만수 누릴 줄 알았으나
내 이리도 박복하여
이 세상 마감이네
꽃도 졌다 다시 피고
잎도 졌다 다시 돋아나건만

꽃 못 피우고 꺾여버린
우리 언제 다시 피어날 것인가

산도 설고 물도 선데
나 어디로 가야하나
못 걷겠네 못 가겠네
팔다리 없어 못 가겠네
다시 오는 길 모르겠으니
가는 길 너무 재촉하지 마세요

엄마 엄마 우리 엄마
근심 걱정 다 제하면
석삼년도 못 산 세상
어찌할거나 어찌할거나
우리 엄마 어찌할거나

가자 가자 아이들아
이제 그만 떠나가자
서산명월 다 넘어가고
꽃이진다 설워마라
노고지리 지저귄들
떠난 봄이 다시오랴
덧없는 것 세월이요
허무한 게 인생이라
공수래공수거
세상사여부운
다 버리고 떠나가자
다 버리고 떠나가자

가네 가네 나는 가네
부모 형제 두고 나는 가네
가슴 가득 원한이나

불쌍하다 초로인생
안개처럼 사라지는구나
죄 많은 도적들아
마지막 가는 길
덕이라도 쌓고 싶으니
잡아넣을 놈 안 잡아넣을 바엔
불쌍한 피라미들은 풀어줘라

고맙고도 고맙구나
해마다 4월이 오면
진달래꽃 복사꽃
영산홍으로 다시 피어나
어둠 몰아내고
거짓과 위선 몰아내고
모든 껍데기 몰아내고
온 갖가지 불감증 몰아내어

생명이 존중받는 세상만들고
이 강산 환하게 밝히며
새처럼 나비처럼
훨훨 날아 오너라

엄마 엄마 우리 엄마
이제 영영 나는 갑니다
엄마 엄마 걱정마소서
내 먼저 저승길 닦아놓고
엄마 후일 오실 제
청사초롱 불 밝혀 들고
엄마 마중 나갈 터이니
부디 눈물 거두시고
엄마 엄마 가슴속
내 무덤도 파다 버리고
바람처럼 구름처럼

훨훨 돌아다니시다가
나비처럼 새처럼
그렇게 살다가 오소서
그렇게 살다가 오소서

※ 1995년 이 시를 탈고 한 후에도 대한민국에는 인재로 인한 대형사고가 계속 발생하여 수많은 사람들이 목숨을 잃었다. 상인동 가스폭발 이후에도 삼풍백화점 붕괴, 대구 지하철 화재테러 방화, 세월호 침몰 참사 등이 계속 발생했다. 사망, 실종자가 10명이 넘는 대형 사고는 다음과 같다.

1995년 6월 29일 서울 삼풍백화점 붕괴 (사망 501명)

1995년 8월 21일 경기도 용인 경기여자기술학원 화재 (사망 37명)

1996년 4월 3일 경기도 양평 남한강 버스추락 사고 (사망 19명)

1997년 8월 6일 괌 대한항공 801편 추락 (228명)

1998년 10월 29일 부산 범창콜드프라자 화재 (27명)

1999년 6월 30일 경기도 화성 씨랜드 청소년수련원 화재 (23명)

1999년 10월 30일 인천 인현동 호프집 화재 (52명)

2000년 7월 14일 경북 김천 추풍령 고속도로 연쇄 추돌 (18명)

2000년 10월 27일 전북 장수 88고속도로 추돌 (20명)

2001년 5월 16일 경기도 광주 예지학원 화재 (10명)

2003년 2월 18일 대구시 지하철 화재테러 방화 (192명)

2005년 10월 3일 경북 상주시 콘서트장 압사 (11명)

2006년 10월 3일 경기도 평택 서해대교 연쇄 추돌 (11명)

2007년 2월 11일 전남 여수 출입국관리사무소 화재 (10명)

2008년 1월 7일 경기도 이천 냉동 창고 화재 (40명)

2009년 11월 14일 부산 실내사격장 화재 (11명)

2010년 7월 3일 인천 영종동 인천대교 버스 추락 (14명)

2010년 11월 12일 경북 포항 요양원 화재 (10명)

2014년 2월 17일 경북 경주 마우나오션 리조트 체육관 붕괴 (10명)

2014년 4월 16일 세월호 침몰 (302명)

상인동에서 팽목항까지

미안하다, 부탁한다

21년이 지났다. 300여 명이 넘는 사상자 어느 누군들 소중하지 않으랴 만, 나는 어린 학생들의 죽음에 특히 충격을 받았다. 사고 발생 당시, 나는 아이들이 잃어버린 팔다리와 소지품을 찾아달라고 하는 꿈을 자주 꾸었다. 꿈속에서 아이들의 몸과 물건을 찾기 위해 열심히 사고 현장을 돌아다녔다. 부질없는 짓이었다. 아이들을 저 세상에 보내주고 싶었다. 아무리 가라고 해도 갈 수 없다고 했다. 아이들이 천국에 가게 해달라고 기도하고 또 기도했다. 어느 날 꿈속에서 이제 다 버리고 간다고 했다. 좋은 곳에 갔으리라 확신한다. 그러나 아직도 간혹 꿈을 꾼다. 살았으면 삼십대 중반 전후의 장년이겠지만, 내겐 21년 전 아이 모습 그대로 찾아온다. 동주와 육사가 영원히 청년이듯이. 아이들아, 미안하다. 너희들이 당한 불행 너희들에게서 그치게 하지 못

해 정말 미안하다. 먼저 간 너희들이 세월호 아이들 부디 잘 보살펴 다오.

이 모든 것 잊지 않고 기억해야 이런 불행을 조금이라도 줄일 수 있다는 생각에 그 때 쓴 글을 세상에 내 놓는다. 이 부족한 시집을 너희들과 희생자 모든 분들의 영전에 바친다.

모두에게 평등한 위험 사회

독일의 사회학자 울리히 벡은 현대사회는 역설적으로 공평한 사회라고 말했다. 그는 "근대사회는 불평등을 극복하고, 평등을 쟁취하기 위해 투쟁한 시대였지만, 현대는 무수한 위험과 각종 재해 앞에 누구나 평등하게 노출된 사회"라고 말했다. 부유한 계층은 유기농 식품을 먹고, 비교적 안전한 주거환경에 사는 등 상위계층일수록 위험이 줄어들고 하위계층일수록 위험이 상대적으로 증대하는 경향을 보이고 있지만, 위험의 상대성을 논하기에는 이미 위험의 심각성이 너무 악화되어 있다고 말한다. 우리 모두는 농약, 핵, 스모그, 황사, 고층빌딩의 화재, 대규모 정전, 치명적인 전염병 등 각종 위험과 재난에 동등하게 둘러싸여 있다. 대한민국은 잠재적인 재난과 위험 앞에서는 확실하게 모두가

평등한 사회라고 할 수 있다.

미국의 안전 전문가 H.W 하인리히는 5만 건에 달하는 노동재해를 실증적으로 연구, 분석하여 '1:29:300' 이란 법칙을 만들었다. 중상자가 한 명 나오면 같은 원인으로 경상자는 29명, 운 좋게 재난은 피했지만 같은 원인으로 부상을 당할 우려가 있는 잠재적 상해자가 300명 나온다는 의미다. 위험을 방치하거나 방관하면 330회에 한 번은 큰 사고를 당할 위험이 있다는 것이다. 큰 사고는 우연하게 어느 순간 돌발적으로 발생하는 것이 아니라, 그전에 무수한 경미한 사고와 위험신호가 반복적으로 발생하며, 대형 사고가 발생하기 전에 일정 기간 동안 수많은 경고성 징후와 전조들이 있게 마련이다.

하인리히의 말을 염두에 두고 우리 주위를 찬찬히 둘러보면 도처에 사고가 일어날 징후와 전조들로 가득하다. 우리는 단기간에 절대빈곤에서 벗어나기 위해 집단적으로 발버둥 쳐야 하는 압축적인 경제 성장 과정을 거치면서, 나와 내 가족, 이웃의 생명과 안전에는 너무 무관심했다. 그 과정에서 우리는 윗돌 빼서 아랫돌 괴고, 아랫돌 빼서 위돌 괴는 임기응변식 변통과 융통을 삶의 지혜라고 착각했고, 요령과 편법, 불법과 탈법을 별 생각 없이 현명한 처세술로 간주하게 되었다. 지금 우리는 그 대가를 혹독하게 치르고 있다.

불평등한 계급사회의 꿈은 모든 사람이 파이를 공평하게 나누어 먹는 것이다. 반면에 위험사회의 유토피아는 모든 사람이 위험에 중독되지 않고 행복하게 사는 것이다. 우리 사회는 그동안 불평등의 심화를 타파하기 위한 유대와 연대에는 강한 모습을 보여 왔다. 오늘 우리 사회는 '나는 상대적으로 더 배고프다'라는 상대적 불평등 해소를 위한 투쟁이 채 해결되기 전에, '나는 불안하고 두렵다'라는 잠재적 혹은 구체적인 위험에 공동 대응하려는 연대가 새로운 힘으로 결집될 조짐을 보이고 있다. 이 순간 우리 모두가 정신을 차리고 제대로 방향을 잡지 못하면, 이 극단적인 불안감은 사람들을 비합리적인 신비주의나 광신상태, 또는 극렬한 파괴주의로 몰고 갈 수도 있다. 전 국민적인 트라우마에서 촉발된 이 에너지가 어느 방향으로 나아가느냐에 따라 국가 자체가 한 단계 업그레이드되거나, 더욱 끔찍한 절망의 나락으로 떨어질 수도 있다.

울리히 벡은 위험사회를 슬기롭게 극복하기 위해서는 사회 구성원의 유대와 협력이 필요하다고 강조한다. 희생자들을 애도하면서도 냉정하고 침착하게 멀리 바라보는 마음의 자세가 필요하다. 지엽말난석인 일에 분노하며 힘을 분산시키지 말고, 모두가 정신을 차려야 한다. 주위를 둘러보며 무수한 위험 징후와 전조들을 찾아내어, 하나하나 점검하여 그 개선책을 찾아야 한다. 그와 더불어 우리 사회 모든 분야에서 기본을 중시하는 국민운동을 전개해야 한다. 우리 모두는 정말로 달라져야 한다. 지금 우리는 어디로 가고 있는가.

- 윤일현

꽃처럼 나비처럼

초판 발행 ┃ 2016 년 4월 28일

지은이 ┃ 윤일현
펴낸이 ┃ 신중현
펴낸곳 ┃ 도서출판 학이사

      출판등록 : 제25100-2005-28호
      주소 : 대구광역시 달서구 문화회관11안길 22-1(장동)
      전화 : (053) 554-3431, 3432
      팩스 : (053) 554-3433
      홈페이지 : http : // www.학이사.kr
      이메일 : hes3431@naver.com
표지디자인 ┃ 박병철 대구예술대학교 교수

ISBN _ 979-11-5854-023-4 03810